지혜롭고 슬기로운 이야기

탈무드 태교동화

* 이 도서의 국립중앙도서관 출판시도서목록(CIP)은 서지정보유통지원시스템 홈페이지(http://seoji.nl.go.kr)와
국가자료공동목록시스템(http://www.nl.go.kr/kolisnet)에서 이용하실 수 있습니다.(CIP제어번호 : CIP2013026665)

지혜롭고 슬기로운 이야기 탈무드 태교동화

2013년 12월 30일 초판 발행 2015년 4월 15일 2쇄 발행

펴낸곳 담터미디어 **펴낸이** 이용성 **글** 김경옥 **그림** 이지혜 이현지 **기획/구성/디자인** wooozooo

마케팅 박기원 전병준 박성종 **관리** 홍진호 조병후 **편집** 전은경 김미애

등록 제1996-1호(1996.03.01) **주소** 서울 중랑구 용마산로79길 35(면목동) **전화** 02)436-7101 **팩스** 02)438-2141

ISBN 978-89-8492-617-2 (23800) ⓒ 담터미디어 * 잘못 만들어진 책은 바꿔 드립니다.

지혜롭고 슬기로운 이야기

탈무드 태교동화

談터 담터미디어

|차|례|

1. 개와 어린 아들 ── 14

2. 잃고 나서 얻은 것 ── 22

3. 세 가지 슬기로운 판단 ── 32

4. 잡초와 녹을 주신 이유 ── 44

5. 날개가 왜 있는 걸까 ── 52

6. 효도 이야기 - 첫 번째 이야기 ── 58

    효도 이야기 - 두 번째 이야기 ── 64

7. 돈보다 소중한 친구 ── 70

8. 모양보다 쓰임 ── 78

9. 자루 속의 새털 ── 86

10. 악마의 선물 ── 94

11. 어미 새와 아기 새 ─── 100

12. 모자 도둑 찾기 ─── 108

13. 가장 큰 고통 ─── 112

14. 공주의 지혜로운 선택 ─── 120

15. 가난한 남자의 행복 ─── 130

16. 다시 찾은 지갑 ─── 138

17. 바보의 선물 ─── 146

18. 세 명의 친구 ─── 146

19. 아버지가 주신 단 한 가지 ─── 160

20. 누가 가장 소중할까 ─── 168

21. 고치기 힘든 병 ─── 178

22. 하찮고 작은 것들 ─── 186

어머니가 아이에게 물었습니다.
"만약 집이 불타고 재산을 빼앗기는 상황이 생긴다면
넌 뭘 갖고 도망가는 것이 제일 현명하겠니?"
아이들은 말합니다.
"돈이요!"
"값비싼 보석이요!"
그러자 엄마가 고개를 가로저으며 힌트를 줍니다.
"그것은 모양도, 빛깔도, 냄새도 없는 것이란다."
그것은 과연 무엇일까요.
유태인 어머니들은 이렇게 말한답니다.
"애야, 그런 경우에 반드시 챙겨야 할 것은 돈이나
보석이 아니라 바로 '지혜'란다.
지혜는 누구도 빼앗을 수 없고 자신이 죽지 않는 한
언제까지나 몸에 지니고 도망칠 수 있기 때문이지."

유태인들이 가장 소중하게 여기는 것은 '지혜'입니다.
그래서 왕보다 또는 돈 많은 사람보다 학자를 더 존경한다고 합니다.
그리고 우리는 '지혜의 이야기'라고 하면 '탈무드'를 떠올립니다.
탈무드는 이스라엘 사람, 즉 유태인들에게 오랫동안 전해 내려온 지혜의 이야기로서
오천 년 역사 속에서 이천 년 동안이나 나라 없이 살았던 유태인들에게
힘과 지혜를 가르쳐 준 경전입니다. 랍비(유태인 스승)와 랍비를 찾아온 사람 간의
질문과 대화가 말로 전해져 내려오다 글로 정리된 것입니다. 전 세계적으로
많이 읽혀져 왔기 때문에 여기에 나온 이야기들이 익숙할지도 모릅니다.
그러나 이야기를 읽고 나서 한번 생각하고 또 한 번 더 생각해 보기 바랍니다.
어느 지혜로운 랍비는 이런 유서를 남겼답니다.

　아들아! 너는 책을 벗으로 삼아라.

　책장과 책꽂이를 네 기쁨의 밭과 뜰로 삼아라.

　책의 동산에서 체온을 느끼고 지식의 열매를 네 것으로 삼아 지혜의 향기를 맛보라.

이 책을 벗으로 삼아 지혜로운 아이를 위한 태교동화로 읽히기를 바랍니다.

엮은이 김 경 옥

지혜롭고 슬기로운 이야기
탈무드 태교동화 속으로
이야기여행 출발!

1. 개와 어린 아들

어느 가족이 개를 길렀습니다.
가족 중에서는 어린 아들이 유난히 개를 좋아 했습니다.
아들은 잘 때도 개를 데리고 자며 한몸처럼 지냈습니다.
그러던 어느 날 개가 병이 들어 죽고 말았는데
아들은 상심이 커 밥도 먹지 않았습니다.

"아들아, 때가 되면 누구나 죽는 거란다.
그러니 어쩔 수 없지 않니?"
아버지가 어린 아들을 위로했습니다.
"아빠, 우리 집 뒤뜰에 해피를 묻을 수 있게 해주세요.
해피는 충직한 친구였고 제 형제나 다름없었어요."
그러나 아버지는 고개를 저었습니다.
"그건 안 된다. 집 뜰에 개를 묻는 사람이 어딨니?
네 마음은 알겠지만 개와 인간은 다르지 않니?"
**"해피는 개지만 우리 사람이랑 똑같아요.
한가족이라고요."**

가족들은 그 문제에 대해 서로 논쟁을 벌였습니다.
하지만 답을 구할 수 없어 결국 현명한 스승을 찾아가
의논하기로 했습니다.

스승은 다음과 같은 이야기를 들려주었습니다.

농촌의 어느 집 우유통 속에 뱀이 빠졌습니다.
농촌에는 원래 뱀이 많아 우유통 속에 빠지기도 하는데
하필 이 뱀은 독사였습니다.
그래서 우유 속에 독이 풀리기 시작했습니다.
그때 마침 그 집에서 기르던 개가 이 광경을 보았습니다.

가족들은 독이 풀려 있는 줄은 생각도 못하고
통에서 우유를 따르려고 했습니다.
그러자 개가 미친 듯이 짖기 시작했습니다.
"왜 이렇게 시끄럽게 짖는 거지? 조용히 하지 못해!"
가족들은 개가 짖는 이유도 모른 채 그 우유를
따라 마시려고 했습니다.

그러자 재빠르게 개가 달려들어
앞발로 우유통을 쓰러뜨리고는 그것을 핥아 먹었습니다.
그리고는 곧바로 쓰러져 죽고 말았습니다.
식구들은 그제야 우유 속에 독이 들어있었다는 사실을
깨닫게 되었습니다.
개는 자기를 길러준 사람들을 구하기 위해
대신 죽었던 것입니다.
당시 사람들은 오래오래 그 개를 기리며 칭송했습니다.

개의 이야기를 들은 가족들은 모두 숙연해졌습니다.
그리고 아버지는 아들의 소망대로
그동안 애정으로 길렀던 개를 뒤뜰에 묻어주었습니다.

'유대인에게 질문하면 질문으로 돌아온다' 는 말이 있습니다.
유대인이 지혜로울 수 있는 것은 어떤 일에서건 의문을 가지고 질문하며, 그 질문에
화답하는 까닭입니다. 지금 뱃속의 아기에게도 질문을 던지고 대화를 나눠보세요.

2 잃고 나서 얻은 것

나그네가 당나귀와 개를 데리고 여행을 다녔습니다.
한 마을 깊숙이 들어가자 허름한 헛간 하나가 보였습니다.
"오늘은 우리 친구들과 여기서 묵어가야겠어."

나그네는 짐 속에서 램프를 꺼내 불을 켰습니다.
"램프 불이 있으니 참 아늑하군."
나그네는 잠을 자기에는 아직 이른 시간이라고
생각했습니다.
"책이나 읽다 자야겠어."

23

나그네가 책을 펼쳐든 순간 때마침 불어온 바람에
불이 꺼져 버렸습니다.
헛간은 순식간에 깜깜한 암흑 세상이 되었습니다.
"오늘은 그냥 잠이나 자야겠군."
나그네는 하는 수 없이 잠을 청했고
곧바로 잠이 들었습니다.

24

그런데 한밤중에 여우가 나타나 개를 죽였습니다.
또 사자도 나타나 당나귀를 물어 죽였습니다.

25

아침에 일어난 나그네는 깜짝 놀랐습니다.
"이럴 수가!"
헛간 여기저기에는 여우의 발자국과 동물들의 털,
그리고 핏자국이 있었습니다.
"내 친구이자 전 재산이나 마찬가지인 개와 당나귀를 잃다니!"
나그네는 자신의 모든 것을 잃어 절망했습니다.

"어제 램프의 불만 꺼지지 않았어도
이런 일은 없었을 텐데."
나그네는 불이 꺼져 버려 일찍 잠자리에 들었던
전날 밤이 원망스러웠습니다.
나그네는 착잡한 마음으로 램프를 챙겨
다시 길을 떠나기로 했습니다.

그런데 마을 한가운데로 내려온 나그네는 깜짝 놀랐습니다.
"이런 세상에! 밤새 도둑들이 마을을 습격하고
사람을 죽였구나."
전날 밤 마을에는 도둑떼가 쳐들어와 물건을 훔치고
사람을 죽인 것이었습니다.

'어젯밤 램프 불이 꺼졌던 것이
얼마나 다행인가?'
나그네는 속으로 생각했습니다.

29

'램프불이 켜져 있었다면 난 도둑들에게 발견되어 죽었을 거야.
또 개가 있었다면 짖어댔을 테고 당나귀 역시 소동을 피워
도둑들에게 들켰겠지. 그러면 난 목숨을 잃었을 텐데…….'
나그네는 생각만으로도 온몸이 오싹해졌습니다.

30

"모든 것을 잃었다고 생각했는데……,
모든 것을 잃는 바람에 오히려
내 목숨만은 건질 수 있었구나!"

인간의 눈은 흰 부분과 검은 부분으로 이루어져 있습니다.
그런데 신은 검은 부분을 통해서만 물체를 볼 수 있게 했습니다.
그 이유는 인생이란 어두운 사실을 통해서 밝은 것을 볼 수 있기 때문입니다.

3. 세 가지 슬기로운 판단

어떤 노인이 여행 중에 병을 얻어 자리에 눕게 되었습니다.
노인은 숙소 주인에게 한 가지 부탁을 하였습니다.
"내가 곧 죽을 것 같소. 내가 죽은 뒤 우리 아들이 이곳에 오면
내 유품을 전해 주시오. 단, 세 가지 슬기로운 판단을
했다고 여겨졌을 때 전해 주시오."

노인은 이미 아들에게도 다음과 같은 유언을 해두었습니다.
'내가 여행 중에 죽게 되면 내 유산을
상속받거라. 그러나 반드시
세 가지 슬기로운 판단을 하여야 한다.'
마침내 노인은 눈을 감았고
집 주인은 아들에게 이 소식을 알렸습니다.

소식을 들은 아들은 아버지가 계셨던 마을 어귀에
이르렀습니다. 그런데 아버지가 묵었던 집이 어딘지
알 수가 없었습니다. 아버지가 마을까지만 알려주고
집은 어딘지 알리지 말라고 유언했기 때문입니다.
그때 아들의 눈에 땔감장수가 보였습니다.
아들은 돈을 지불하고 땔감을 샀습니다.

"장례를 치를 집에 땔감이 필요하니
지금 빨리 그곳으로 갑시다."
"아, 그 집 말씀하시는군요. 알겠습니다."
땔감장수는 성큼성큼 걸어가 노인이 죽은 집 마당에
장작을 내려놓았습니다.

"우리는 장작을 시킨 적이 없소이다."

집주인이 말했습니다.

"내 뒤에 따라오는 저 청년이 사서 여기에 갖다 주라고
한 것인데요."

주인은 청년을 보며 생각했습니다.

'음, 첫 번째 슬기로운 판단을 한 것이로군.

기꺼이 저녁상을 차려 대접하기로 하지.'

식탁에는 비둘기 다섯 마리와 닭 한 마리가 요리되어
올려져 있었습니다.
"손님으로 오셨으니 당신 맘대로 이 요리를
우리에게 나눠 주면 좋겠군요."
집 주인에게는 아내와 아들 둘, 딸 둘이 있었습니다.
청년까지 합하면 모두 일곱 명이었습니다.

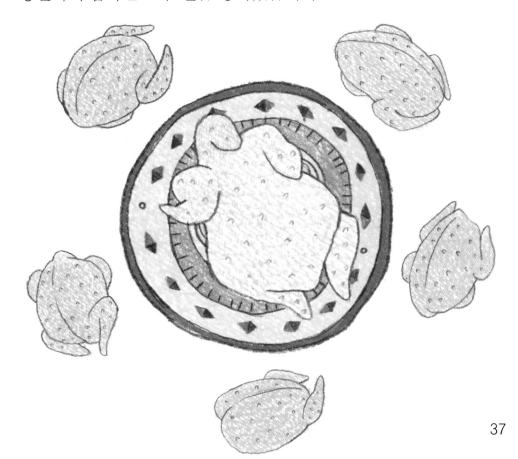

청년은 다섯 마리의 비둘기 요리를 나누기 시작했습니다.
부부에게 한 마리, 두 딸에게도 한 마리,
두 아들에게도 한 마리,
그리고 자신은 두 마리를 가졌습니다.

주인은 언짢은 표정을 지었지만 손님이니까 좀 더 먹는 것이
옳다고 생각했습니다. 그래서 썩 내키지는 않았지만
두 번째 슬기로운 판단이라 생각했습니다.

다음은 하나뿐인 닭요리를 나누기 시작했습니다.
주인은 이 청년이 과연 세 번째 슬기로운 판단을 할 것인지
궁금했습니다.
청년은 곧 망설임 없이 주인 내외에게는 닭 머리를,
두 아들에게는 다리 한 쪽씩, 두 딸에게는 날개 한 쪽씩,
그리고 몸통 전체는 자신의 접시에 놓았습니다.

주인은 화가 나서 벌컥 소리를 질렀습니다.

"참 너무하는군요.

아까 비둘기 요리를 나눌 때만 해도 참았소.

당신이 손님이니 한 마리쯤 더 먹어도 좋겠다고 여겼습니다.

그런데 이건 좀 심하지 않소?"

41

그러자 청년이 설명했습니다.

"나는 음식 나누는 일을 하고 싶지 않았지만 당신이 부탁했기에
최선을 다한 것입니다. 저는 결코 더 많은 음식을 갖지 않았습니다.
비둘기를 아주 공평하게 나눴다고요. 보세요!
당신과 부인과 비둘기를 합쳐 셋, 아들 둘과 비둘기를 합쳐 셋,
딸 둘과 비둘기를 합쳐 셋, 그리고 비둘기 두 마리와 저를 합쳐 셋.
모든 것을 셋씩 공평하게 나눈 것입니다.

또 닭을 나눌 때는 가장인 당신과 부인을 생각하여 제일 높은
머리를 드린 것이고, 두 아들은 집 안의 기둥이니 다리를,
두 딸은 곧 다른 집으로 시집을 갈 것이니 날개를 드린 것입니다.
나는 배를 타고 이곳까지 왔고, 또 배를 타고 돌아갈
것이므로 닭의 배, 즉 몸통을 가진 것뿐입니다."
그제서야 주인은 무릎을 치고 고개를 끄덕이며
아들에게 재산을 돌려주었습니다.

유대 사회에서는 지식과 학문을 중요하게 여겨왔습니다. 그러나 유대인은
지식보다 지혜를 중시합니다. 지식이 풍부하더라도 지혜가 없는 자는
'책을 잔뜩 등에 짊어진 당나귀와 같다.'고 비유하고 있습니다. 솔로몬처럼
지혜로운 아이들은 순풍에 돛달고 항해하는 배처럼 그 인생이 여유롭습니다

4. 잡초와 녹을 주신 이유

농부가 뙤약볕에 구부리고 앉아 밭의 잡초를 뽑고 있었습니다.
얼굴은 까맣게 그을리고 땀방울은 뚝뚝 떨어졌습니다.
"아휴, 이 질긴 잡초 때문에 힘들어 죽겠네.
잡초만 없다면 밭도 깨끗하고 농사도 잘 지을 텐데.
하느님은 이 쓸데없는 것을 왜 만드셨을까?"
농부는 뽑은 잡초를 구석으로 집어던지며 원망했습니다.

45

뽑혀진 잡초가 농부에게 말했습니다.
"당신은 우리가 얼마나 고마운 존재인지 모르고 있군요.
우리는 절대 지긋지긋한 잡초가 아니랍니다. 우리는
땅속으로 뿌리를 뻗어 흙을 갈아주고 기름지게 해주지요.
비가 내릴 때는 잡초 뿌리가 흙을 단단히 잡아 줘 빗물에
쓸리지 않게 해주지요. 바람이 불 때도 우리가 없다면
먼지바람이 일어날 거예요. 잡초가 없다면 흙은 거칠어지고
비에 흙이 다 쓸려 내려가 농사도 지을 수 없습니다.
당신이 기름진 밭에 농사를 지을 수 있는 것은
다 우리 잡초들 덕분입니다."
그 말을 들은 농부는 비로소 자세를 바로하고
잡초들에게 감사의 인사를 했습니다.

46

이번에는 허리가 꼬부라진 노인이 헛간에서 호미를
찾고 있었습니다. 그런데 어디에 뒀는지 기억이 안 났습니다.
"에휴, 이제 늙어서 내 머리도 녹 슬었나 봐."
노인은 한참만에야 한쪽 구석에서 호미를 찾았습니다.
호미는 잔뜩 녹이 슬어 부서질 것처럼 보였습니다.
"하느님은 왜 인간이나 쇠에게 녹을 슬게 해서
쓸모없게 만드는 걸까?"

노인은 하느님을 원망했습니다.
기운도 점점 떨어지고 기억력도 희미해지고……
입안의 치아도 몇 개 안 남아 자신이 녹슨 쇠와 같다고 생각했어요.
"언제까지고 단단한 쇠처럼
 젊음을 주시면 좋을 텐데."

49

그러자 녹 슨 호미가 말했습니다.

"맞아요. 인간도 쇠처럼 녹이 슬지요.

기억도 희미해지고요. 그러나 그건 하느님이 늙은 사람에게

안락을 주기 위함이랍니다. 이제껏 살아왔던 많은 것을

다 기억하고 있다면 얼마나 힘이 들겠어요.

또 부드러운 음식만을 섭취하도록 이를 약하게 만드는

것이랍니다. 그래야 소화를 잘 못시키는 노인이

편안할 수 있으니까요."

그 말을 들은 노인은 마음이 평안해지면서

감사의 마음을 갖게 되었습니다.

녹이나 잡초처럼 우리 눈에 좋지 못하게 보이는 것일지라도 무언가 도움 될 만한 요소가
반드시 포함되어 있습니다. 따라서 무슨 일에서건 나쁘다고 미리 예단해서는 안 됩니다.
숨겨진 감사함을 찾을 줄 알아야 합니다.

51

5. 날개가 왜 있는 걸까

하느님이 이 세상에 동물들을 만들던 때의 이야기입니다.
"너희들 스스로 자신을 지킬 수 있는 것을
하나씩 다 주었느니라."
그러자 동물들이 자신을 뽐내기 시작했습니다.

뱀은 동물들 앞에서 혀를 날름대며 말했습니다.

"나는 비록 평생 땅을 기어 다녀야 하지만

내 입속엔 독이 있어서 겁날 게 없어."

그러자 이번엔 사자가 말했습니다.

"나는 날카로운 이빨이 있지.

내 이를 보는 순간 모두 벌벌 떨 거야."

이번엔 말이 앞에 나와 뒷발질을 하며 말했습니다.

"나는 잘 달릴 뿐만 아니라 힘 센 뒷발도 가지고 있어.

나한테 까불다가는 내 뒷발에 채일 줄 알아!"

53

이제껏 가만히 듣고 있던 새는 자기만 가진 게 없다는 걸
알게 되었습니다. 하느님께서 처음에 새를 만들었을 때는
날개를 주지 않았었거든요.
새는 하느님을 찾아가 말했습니다.

"뱀은 독이 있고, 사자는 날카로운 이빨이 있고,
말은 힘 센 뒷발이 있어요. 모두 자기 자신을
지킬 수 있는 것을 주셨는데 왜 저만 아무것도 없죠?
저를 어떻게 지킬 수가 있겠어요?"
하느님도 새의 말을 듣고 보니 옳다는 생각이 들었습니다.
그래서 깃과 날개를 주었습니다.

그런데 얼마 뒤 새가 찾아와 불평을 늘어놓았습니다.
"날개는 정말 쓸모가 없어요.
무거운 짐만 될 뿐이에요. 몸에 날개를 달고 있으니
전처럼 빨리 달릴 수가 없잖아요."
"어리석은 새여, 왜 줬는지를 모르는구나."
하느님은 안타깝게 바라보았습니다.

56

"네 몸에 있는 날개를 어떻게 사용해야 하는지
생각도 못했단 말이냐? 너를 덮쳐오는 것으로부터
자유로이 날아 도망치라고 준 것이다."
그제야 새는 날개 사용법을 알게 된 것이랍니다.

'고통은 사람을 생각하게 만들고, 생각은 사람을 지혜롭게 만들며,
지혜는 인생을 견딜 만한 것으로 만든다.' 는 말이 있습니다.
지혜는 자신에게 주어진 환경을 가장 풍요롭게 만들어내는 가장 큰 재산입니다.

6.효도 이야기_첫번째 이야기

하늘나라에 지옥과 천당이 있었습니다.
맛있는 닭요리를 부모에게 드린 어느 자식은 지옥에 떨어지고,
부모를 산으로 보내 양을 치게 한 자식은 에덴동산 같은
천당에 떨어졌습니다.

58

지옥에 떨어진 자식이
억울해하며 소리쳤습니다.
"나는 맛있는 닭요리로
부모에게 효도를 했는데
왜 지옥입니까?
정말 억울해요."

"너는 네가 한 일을 정말 모르겠느냐?"
지옥의 문지기가 근엄하게 물었습니다.
"도무지 모르겠습니다. 저 천당으로 떨어진 사람은
부모에게 양치는 일을 시킨 사람이라고 하던데
저런 사람은 천당으로 보내고, 뭔가 잘못된 거 아닌가요?"
그러자 문지기가 거울 하나를 보여주었습니다.
그 거울에 두 사람의 생전의 모습이 보이기 시작했습니다.

평소 맛있는 닭요리로 부모를 모신 아들의 모습이 나타났습니다.

하루는 어머니가 아들에게 물었습니다.

"아들아, 이 닭이 어디서 났느냐?"

그러자 아들은 얼굴을 찌푸리며 퉁명스럽게 대답했습니다.

"맛있게 드시면 그만이지, 그건 알아서 뭐하시게요?

자꾸 귀찮게 묻지 마세요!"

이 아들은 지옥에 떨어져 고통을 받았습니다.

부모를 산으로 보내 양 치는 일을 시킨 아들의 모습도
거울에 보였습니다.
이 집은 대대로 양을 치는 일을 해오던 집이었습니다.
어느 날 나라에 전쟁이 일어나자 왕의 명령이 떨어졌습니다.
목축업을 하던 사람들은 모두 전쟁터로 보내라는
명령이었습니다.

아들은 아버지에게 말했습니다.

"제가 아버지 대신 가겠습니다.

아버지는 산에 숨어서 계속 양을 치세요.

만일 발각되면 제가 모든 벌을 받을 테니 걱정하지 마세요."

그리하여 아버지는 산으로 가서 양을 치며 오래오래 살았습니다.

아버지 대신 전쟁터에 간 아들은 목숨을 잃었지만, 결국

천당으로 올라갈 수 있었습니다.

효도 이야기 _두 번째 이야기

옥 보석을 귀하게 여기며 수집하는 사람이 있었습니다.
그는 갖고 있던 귀한 옥 하나를 실수로 잃어버리고 말았는데
다행히 어떤 젊은이가 옥을 가지고 있다는 소문을 듣고
그 젊은이를 찾아갔습니다.

"비싼 값을 주더라도
옥을 사고 싶으니
내게 꼭 파시오."
"그러지요. 금고 안에서 옥을 꺼내 올 테니
잠깐 기다리세요."

65

옥을 꺼내러 방에 들어간 젊은이가 잠시 후 나오더니
갑자기 옥을 팔지 않겠다고 했습니다.
"이보시오, 옥을 판다고 했다가 이제 와서 갑자기
옥을 팔지 않겠다니! 내가 값을 많이 쳐준다고 했는데도
그것으로 모자라 돈을 더 올려 받을 속셈이구려."
남자는 젊은이에게 화를 냈습니다.

그때 방에서 젊은이의 아버지가 나와 말했습니다.
"내 아들은 그런 사람이 아니오!"

젊은이의 아버지는 이유를 설명했습니다.

"내가 금고가 있는 방에서 깜박 잠이 들었는데

열쇠를 손에 쥔 채, 금고 바로 앞에서 잠이 들었던 것이오.

내 아들은 내가 잠에서 깰까 걱정하여

옥을 팔지 않으려 했던 것인데, 마치 돈이나 더

뜯어낼 작정으로 우리 아들이 그러는 줄 아십니까?

옥을 가져가시오. 그러나 돈은 받지 않겠습니다."

아버지는 아들의 효심을 옥보다 더 귀하게 여겼던 것입니다.

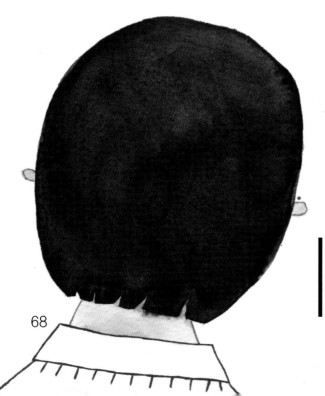

'어버이께 효도하면 자식 또한 효도하나니
이 몸이 효도하지 않았다면 어찌 내 자식이
효도하리오.' -명심보감-
부모를 공경하는 마음은 자녀에게도
그대로 전해진답니다.

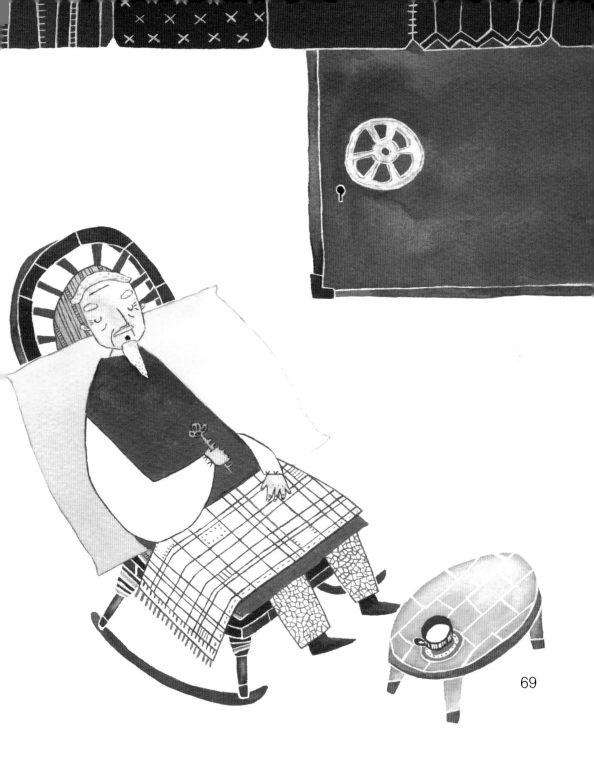

7. 돈보다 소중한 친구

어떤 부자에게 열 명의 자식들이 있었습니다.
부자는 자식들을 모아놓고 이야기했습니다.
"내가 죽게 되면 내 재산을 100디나르씩
똑같이 나누어 줄 것이다."

그런데 부자의 재산은 점점 줄어 열 명 모두에게
100디나르씩 나눠 줄 수가 없게 되었습니다.
"너희들 중 아홉 명에게는 100디나르씩 줄 수 있지만,
한 명은 50디나르밖에 줄 수 없구나. 50디나르를 받은 자식은
그 돈에서 내 장례비용을 치러야 한다. 하지만
돈을 적게 받는 대신 내 친구 열 명을 줄 것이다.
누가 50디나르를 받겠느냐."

아들들은 서로 눈치만 보고 있었습니다.
모두 100디나르를 받고 싶었지
50디나르에 아버지 장례비용까지 내고 싶지는
않았기 때문이에요.

그때 가장 착하고 지혜로운 막내가 말했습니다.

"제가 50디나르를 받는 대신
아버지의 친구를 갖겠습니다."

그러자 형들은 속으로 막내를 비웃었습니다.
'겨우 50디나르를 받으면서 장례비용까지 내야 하는데
그럼 남는 게 뭐가 있어?'
'아버지 친구 열 명을 얻어 봐야 뭐해? 돈이 최고지.'
하지만 형들은 겉으론 막내를 칭찬하며 위로했습니다.
"막내야, 돈은 적게 받지만 너는 아버지 친구를 얻을 수
있으니 얼마나 좋으냐."

73

아버지는 아들들에게 100디나르씩 나눠 주고
막내에게는 50디나르를 주면서 말했습니다.
"50디나르로 장례비용까지 치루고 나면
네 손엔 남는 것이 별로 없겠구나. 하지만
열 명의 친구들에게 너를 잘 돌봐주라는
부탁을 해두었으니 걱정 말거라."

아버지는 숨을 거두었고 아홉 명의 아들들은
각자 자신의 길을 떠났습니다. 그리고 얼마 후
막내는 가진 돈을 다 쓰고 빈털터리가 되었습니다.
그는 마지막으로 아버지의 친구들을 찾아갔습니다.

아버지 친구들은 하나같이 막내를 반갑게 맞아주었습니다.
"그는 매우 다정하고 마음씨 착한 친구였지.
언젠가 우리도 그에게 보답하려고 했었단다."
그리고는 그에게 새끼를 밴 암소 한 마리와 약간의 돈을
쥐어주며 아들의 앞길을 진심으로 축복해 주었습니다.

암소는 그새 송아지를 낳았고
아들은 송아지를 내다 팔아 돈을 모은 뒤 장사를 했습니다.
그리고 훗날 아버지보다 더 큰 부자가 되었습니다.

"아버지 생각이 옳았어.
친구는 세상 무엇보다 값진 거야."

한 사람의 진실한 벗은 천 명의 적이
당신을 불행하게 만드는 힘 이상으로
당신을 행복하게 만듭니다.

77

8. 모양보다 쓰임

지혜롭기로 소문난 한 사람이 공주 앞에 섰습니다.
공주에게 지혜를 가르치기 위해 먼 길을 온 스승이었습니다.
그런데 스승의 얼굴은 너무나 못생겼습니다.
공주는 얼굴을 찡그리며 말했습니다.
"어머 끔찍해! 아무리 지혜가 많으면 뭐해?
저런 추한 그릇에 담겨 있는데. 흥!"
공주가 얼굴을 휙 돌렸습니다.

그러자 스승은 이렇게 말했습니다.

"공주님, 궁전 안에 술이 있나요?"

"네. 있는데 왜 그러시나요?"

공주는 영문을 몰라 고개를 갸웃거렸습니다.

"그렇다면 그 술은 어떤 그릇에 담겨 있나요?"

"항아리나 물주전자 같은 흔한 그릇에 담겨 있지요."

그러자 스승은 깜짝 놀라는 표정을 지었습니다.

"공주님, 이 호화로운 궁전에는 금이나 은그릇도 많을 텐데

어째서 그런 흔해빠진 항아리를 쓰고 계십니까?

멋진 그릇에 담으셔야죠."

"그러네요. 멋진 그릇에 담아 놓으면

아바마마도 좋아하실 거예요."

그런데 다음 날 술 맛을 본 왕이 크게 화를 냈습니다.
"여봐라! 어느 놈이 술을 옮겨 놔 맛을 변하게 했단 말이냐?"

깜짝 놀란 공주가 왕 앞에 나가 머리를 조아리며 말했습니다.

"아바마마, 제가 술을 옮겨 담도록 했습니다."

"어째서 이런 짓을 저질렀단 말이냐?"

"못생긴 그릇보다 멋진 그릇에 담으면 더 좋을 것 같아서……"

"쯧쯧쯧. 어리석구나.

술을 아무 그릇에나 담으면 술맛이 변하는 걸 모르느냐?"

왕에게 꾸중을 들은 공주는 씩씩거리며 스승한테 달려갔습니다.
"왜 술 담는 그릇을 바꾸라고 해서 저를 혼나게 하셨나요?"
그러자 스승은 조용히 말했습니다.
"공주님, 소중한 것일지라도 때로는 하찮고 못생긴 그릇에
담아 두는 편이 더 좋을 수도 있다는 것을 알려드리고
싶었습니다. 겉모양이 중요한 게 아니라

쓰임이 더 중요한 법이니까요."

공주는 그제야 스승님께 공손히 고개를 숙였습니다.

겉으로 보이는 모습보다
내면의 가치를 더 소중히 여길 줄 아는
지혜를 길러야하겠습니다.

9. 자루 속의 새털

이웃에 수다스럽고 거짓말을 잘하는 여자가 있었습니다.
여자는 마을에 무슨 일만 생기면 부풀려 말하고 온 동네에
소문을 퍼뜨렸습니다.
어느 집에서 말다툼이라도 벌어지면

풍선처럼 부풀려 말했습니다.

"세상에! 얼마나 심하게 싸우는지
코피가 터지고 유리창이 박살났다니까."

또 길가에 개미가 줄지어 가는 모습을 보기라도 하면,
"황소 떼가 줄지어 우리 마을을
 지나가고 있어요. 빨리 나와 보세요."
하고 떠들어댔습니다.

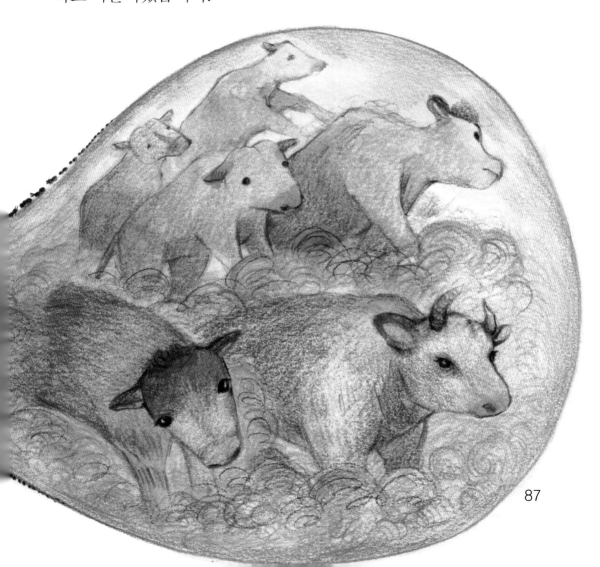

또 얼굴을 곱게 꾸민 이웃 여자를 만나면

"아유, 부인은 어쩜 그렇게 고와요."

라고 말해놓고 뒤돌아서는,

"흥! 나이에 맞지 않게 꾸미고 다니는 꼴이라니!"

하며 흉을 보았습니다.

이 여자의 말 때문에 마을이 하루도 조용할 날이 없다고 생각한

마을 사람들은 지혜로운 스승을 찾아가 이 문제를 상담했습니다.

다음 날, 스승은 심부름꾼을 보내 여자를 데려오게 했습니다.
"당신은 어째서 이웃사람들에 대해 이러쿵저러쿵
떠들고 다닙니까?"
그러자 여자가 말했습니다.
"제가 없는 얘길 하는 건 아니잖아요.
좀 과장해서 재미있게 얘기하려던 것이죠."

지혜로운 스승은 잠시 생각하다 옆방에서 자루를 하나
들고 왔습니다.
"이 자루를 들고 지금 당장 광장으로 간 뒤 집으로 가세요.
집으로 갈 때는 이 자루를 열어 자루 속에 있는 것을 길바닥에
늘어놓으면서 가세요. 집에 도착하면 늘어놓았던 것을 다시
자루 속에 담으면서 광장으로 가야합니다."
여자가 자루를 들어보니 무척 가벼웠습니다.

'도대체 무엇이 있는 걸까?
궁금해 죽겠네.'

여자는 스승이 시키는 대로 광장으로 가서 자루를 열었더니
그 안에는 새털이 잔뜩 있었습니다.
"별꼴이야. 왜 새털을 늘어놓으면서 집까지 가라는 거야?"
여자는 이상했지만 스승이 시키는 대로 새털을 길에
늘어놓으며 집까지 갔습니다.
날씨는 화창하고 봄바람까지 살랑살랑 불어
여자는 콧노래를 부르며 갔습니다.
집에 도착하니 자루는 다 비어 있었습니다.

"이젠 길바닥에 늘어놓은 새털을 주워 담으며
광장으로 가라고 했지? 참 이상한 스승님이셔!"
그런데 길바닥에 늘어놓은 새털은 이미 여기저기로 날아가
주울 것이 없었습니다.
마침내 여자는 지혜로운 스승이 무엇을 말하려는지
깨달을 수 있었습니다.
험담이라는 것은 자루속의 새털과 같습니다.
한번 입에서 나오면 모두 날아가 되돌려 담을 수가 없으니까요.

입과 혀는 화와 근심의 근본이며 몸을 망하게 하는 도끼와 같은 것이니 말을 삼가야 합니다.

10. 악마의 선물

날마다 술에 취해 사는 아들이 있었습니다.
아버지는 이런 아들을 볼 때마다 어떻게 하면 좋을까
생각했습니다. 그러다가 아들에게 다음과 같은
이야기를 들려주었습니다.

아주 옛날에 세상 최초의 인간이 포도씨를 심고 있었단다.

그때 악마가 불쑥 나타나 물었지.

"지금 무엇을 하고 있느냐?"

그러자 인간이 대답했어.

"아주 훌륭한 식물을 심고 있지."

"훌륭한 식물이라고? 이런 식물은 처음 보는데
도대체 어떤 식물이지?"

"이 식물에선 달고 맛있는 열매가 열려.
그 열매의 즙을 마시면 아주 행복하지."

"그럼 나도 맛볼 수 있게 해 줘."
악마는 침을 꼴깍 삼키며 인간에게 매달렸어.
"안 돼. 이건 아무나 마실 수 없거든."
그러자 악마는 화가 났어.
"흥! 인간들을 행복하게 내버려둘 순 없어."

악마는 밤에 몰래 양, 사자, 돼지, 원숭이를 끌고 와 죽이고
그 짐승들의 피를 밭에 비료로 뿌렸어.
"흐흐흐. 나의 선물을 받아라!"

이렇게 해서 만들어진 것이 바로 포도주란다.
처음으로 마시기 시작했을 때는 양처럼 온순하다가
조금 더 마시면 사자처럼 사나워지지.
거기서 더 마시면 돼지처럼 지저분해지고,
그 다음은 우스꽝스러운 원숭이가 되어 춤추고 노래를 부르지.

"아들아. 인간의 품행을 망가뜨리는 것은
바로 악마의 선물이란다."

마음에서 일어나는 욕구만을 쫓는 사람은
결국 시간이 지나면서 자신의 행동을 후회하게 됩니다.
유혹을 물리칠 때 우리는 더 강해질 수 있습니다.

99

11. 어미 새와 아기 새

어미 새가 아기 새 세 마리를 안고 날고 있었습니다.
비바람이 세게 몰아쳐 셋을 한꺼번에 품고 날기가 힘들었어요.
"바다를 건너 육지로 가야 하는데 위험하겠는걸."
어미 새는 안전한 바위 밑에 아기 새들을 잠시 내려놓았습니다.
"애들아, 도저히 안 되겠구나.
엄마가 한 마리씩 품고 날아야겠어."
어미 새는 두 아기 새들을 바위 밑에 남겨 놓은 채
제일 먼저 첫째를 안고 날아올랐습니다.

바다를 반쯤 건너고 있을 때 어미 새가 첫째에게 물었습니다.
"첫째야, 엄마는 지금 너를 위해 위험을 무릅쓰고
날고 있는 거야. 나중에 엄마가 늙어서 기운이 없으면
너도 어미를 위해 이렇게 해주겠니?"
그러자 첫째가 시퍼런 바다를 힐끗 내려다보며 대답했어요.
"저를 무사히 육지에 내려 주시면
저도 그렇게 해드릴게요."
대답을 들은 어미 새는 화가 나서
첫째를 바다에 던져버렸습니다.

이번엔 둘째를 품고 바다를 건너면서 똑같은 질문을 했습니다.
그러자 둘째도 잠시 생각하더니 말했습니다.
"어머니가 저를 안전하게 육지로 내려주시면
저도 그렇게 해드리지요."
"너도 마찬가지구나."
어미 새는 화가 나서 둘째도 바다에 던져버렸습니다.
"내가 왜 이런 자식을 위해 이제껏
목숨까지 바치려 했던 것일까?"

마지막으로 어미 새는 셋째를 안고 바다를 건넜습니다.
깊고 시퍼런 바닷물은 보기만 해도 무서웠습니다.
어미 새는 온종일 세찬 비바람을 맞으며 바다를 건너느라
지쳤습니다. 날개는 비에 흠뻑 젖어 찢어진 종잇장처럼
힘이 없었습니다.

어미 새는 셋째에게도 두 형들에게 했던
똑같은 질문을 했습니다. 그러자 셋째가 대답했습니다.
"사랑하는 어머니, 어머니는 지금 저를 위해 목숨을 걸고
바다를 건너고 계시다는 것을 잘 알아요. 어머니 물음에
저도 그리 하겠다고 당장 말할 순 없지만, 어머니께
한 가지 약속은 할 수 있어요. 제가 커서 제 아이가 생기면
어머니가 베풀어주신 사랑을
제 자식에게 똑같이 베풀겠어요."

셋째의 대답을 들은 어미 새는 아기 새를 더욱 꼭 껴안았습니다.
"그래. 이 엄마도 네가 바다를 안전하게 건널 수 있게
끝까지 최선을 다하마."

마땅히 행할 길을 아이에게 가르치라. 그리하면 늙어도 그것을 떠나지 아니하리라. (성경 잠언)

12 모자 도둑 찾기

어느 노인이 열차를 타고 여행을 하고 있었습니다.
노인은 모자를 쓰고 있었는데 깜박 졸다 보니
쓰고 있던 모자가 감쪽같이 없어졌습니다.
'이상하다. 내 모자가 어디로 갔지?'
주변을 돌아다보니 똑같은 모자를 쓴 사람이
여럿 눈에 띄었습니다. 노인이 쓰고 있던 모자는
아주 평범한 모자였기 때문에 비슷했어요.
그 중에 어떤 남자가 쓴 모자가 유독 자기 것처럼
보였습니다. 하지만 다짜고짜,
"그 모자는 내 모자요."
라고 말할 수는 없었습니다.

109

노인은 어떻게 하면 좋을까 고민했습니다.
그러다 좋은 생각이 떠올랐어요.
노인은 단단히 마음먹고 이렇게 외쳤습니다.
"도둑놈 모자에 불이 붙었다!"
역시나 제일 먼저 모자에 손을 댄 사람이 도둑이었습니다.

유대인은 '책의 민족' 이면서 '웃음의 민족' 으로도 불립니다.
조크나 유머는 창조력을 고양시키는 훌륭한 무기이며, 웃음은 '백약의 왕' 입니다.

13. 가장 큰 고통

옛날에 용맹스러운 사자대왕이 있었습니다.
사자대왕이 호령하면 짐승들은 벌벌 떨며 아부했습니다.
"대왕님, 정말 멋지십니다."
"대왕님을 이길 자는 아무도 없습니다."
"대왕님의 몸보신을 위해 맛있는 고기를
바치러 왔나이다."

"크르릉."

113

이렇게 용맹스러웠던 사자대왕이 늙고 병이 들었습니다.
정신은 오락가락하고 생명마저 위태로운 지경에 이르렀습니다.
충성스런 신하들 몇 명은 진심으로 걱정했습니다.
"사자대왕의 병이 하루빨리 나아야 할 텐데."

114

하지만 대부분은 속으로 다른 생각을 하고 있었습니다.
어떤 동물들은 사자대왕이 고통당하는 것을 은근히 즐겼습니다.
"흥! 젊어서는 성질 사납게 호령하더니만
이젠 기억도 잘 못하는 바보가 됐다니까."
또 어떤 동물들은 그가 죽기만을 기다렸습니다.
"사자대왕이 죽으면 내가 권력을 잡고 세상을 통치할 거야."

사자대왕의 병은 날로 깊어졌습니다.
이젠 움직이지도 못한 채 거의 죽은 몸이 되어 버렸습니다.
황소가 슬그머니 다가와 뿔로 사자를 쿡쿡 찔러댔습니다.
"이봐, 설마 아직도 남은 힘이 있는 건 아니지?"

116

이번엔 암소가 몰래 다가와 발굽으로 사자를 지그시 짓눌렀습니다.

"사자를 납작하게 눌러 줄 때가 다 있네. 아이 신나."

여우는 이빨로 사자의 귀를 물어뜯었습니다.

"내가 그동안 너한테 갖다 바친 먹이가 얼마나 되는지 알아?"

양은 꼬리로 사자의 콧수염을 살살 간질이며 말했습니다.

"이젠 별 볼 일 없이 잠만 자는 사자가 됐구만. 실컷 놀려줘야지."

수탉은 여유 있게 다가오더니 부리로
그의 눈과 이빨을 쪼아댔습니다. 예전엔
사자가 무서워 가까이 오지도 못하던
수탉이었습니다.
"애는 도대체 언제 죽는 거야?
이제 곧 사자이름도 사라지겠네. 호호."

118

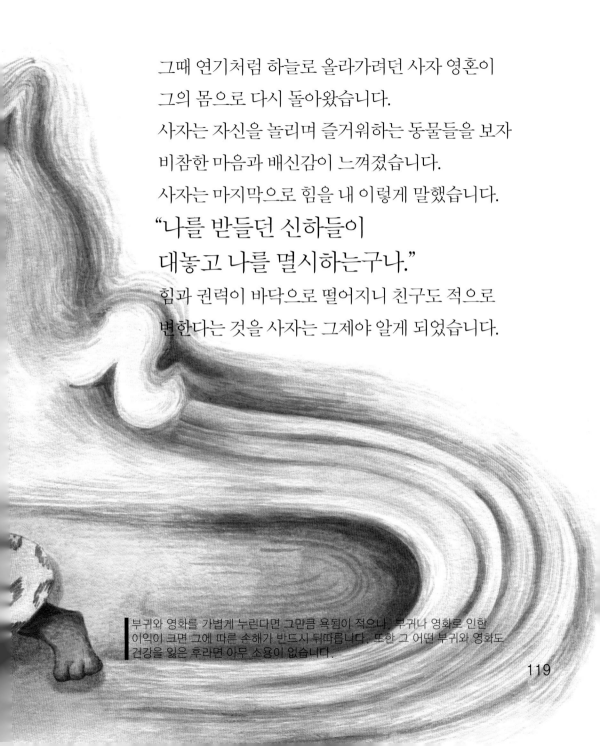

그때 연기처럼 하늘로 올라가려던 사자 영혼이
그의 몸으로 다시 돌아왔습니다.
사자는 자신을 놀리며 즐거워하는 동물들을 보자
비참한 마음과 배신감이 느껴졌습니다.
사자는 마지막으로 힘을 내 이렇게 말했습니다.
"나를 받들던 신하들이
대놓고 나를 멸시하는구나."
힘과 권력이 바닥으로 떨어지니 친구도 적으로
변한다는 것을 사자는 그제야 알게 되었습니다.

부귀와 영화를 가볍게 누린다면 그만큼 욕됨이 적으나, 부귀나 영화로 인한
이익이 크면 그에 따른 손해가 반드시 뒤따릅니다. 또한 그 어떤 부귀와 영화도
건강을 잃은 후라면 아무 소용이 없습니다.

14. 공주의 지혜로운 선택

어느 왕에게 예쁜 딸이 있었습니다.
그런데 공주는 몸이 아파 죽을 날만 기다리고 있었습니다.
왕은 슬퍼하며 다음과 같이 어명을 내렸습니다.
"내 딸의 병을 고치는 자에게는
큰 상을 내리고 내 딸과 결혼시킬 것이다!"

이 소문은 이웃 나라에 사는 삼형제의 귀에까지 들어갔습니다.
"우리 셋이 힘을 합쳐 이웃나라 공주의 병을 고쳐 주면
어떻겠니?"
첫째의 제안에 두 동생들은 모두 찬성했습니다.

마침 삼형제는 아버지께 유산으로 물려받은
신기한 물건들이 있었습니다.
첫째는 멀리까지 볼 수 있는 망원경,
둘째는 어디든 날아갈 수 있는 양탄자,
셋째는 먹으면 병이 낫는 신기한 사과를 갖고 있었습니다.
"이웃 나라로 어떻게 가야 할지 망원경으로 미리 살펴볼게."
첫째가 길을 살피고 나자 둘째는 마법의 양탄자에
형제들을 태우고 이웃나라로 향했습니다.

드디어 삼형제는 공주가 있는 궁에 다다랐습니다.
"저희 삼형제는 공주님의 병을 고치러 왔습니다."

막내가 신기한 사과를 꺼내 아픈 공주에게 먹였습니다.
그러자 놀랍게도 공주의 병이 씻은 듯이 나았습니다.
왕은 기쁨의 눈물을 흘리며 말했습니다.
"삼형제에게 큰 상을 내려라!"

그런데 문제는 '누가 공주와 결혼하느냐' 하는 것이었습니다.
삼형제는 아름다운 공주에게 반해 서로 자기 때문에
공주가 살아났다고 주장하기 시작했습니다.
"공주의 병을 고쳐 주자고 제일 먼저 제안한 사람은
바로 저예요. 그리고 이 신기한 망원경이 길을 안내했기 때문에
이곳에 올 수 있었습니다. 그러니 제 공로가 가장 큽니다."
첫째가 큰 목소리로 말했습니다.

둘째도 질세라 나섰습니다.
"제 마법의 양탄자가 아니었다면
이 먼 곳까지 올 수 있었을까요?
도착하기도 전에 공주님은 하늘나라로 갔을 겁니다.
그러니 제 공이 가장 으뜸입니다."
그러자 막내도 눈을 반짝이며 말했습니다.
"저의 사과가 없었다면 공주님 병은 결코 고칠 수가
없었습니다. 공주님과 결혼해야 할 사람은 바로 접니다."

왕은 어떻게 해야 할까 고민스러웠습니다.
각각의 주장이 다 맞는 데다 삼형제 모두
흠잡을 데 없는 멋진 청년들이었기 때문입니다.

그때 공주가 말했습니다.

"저는 제게 모든 것을 아낌없이 내어주신 분을 선택하겠습니다.

망원경과 양탄자는 지금도 두 분 손에 있지만
사과는 흔적도 없이 제 뱃속으로 사라졌어요.
그러므로 셋째를 선택하겠습니다."
공주의 지혜로운 선택으로 더 이상 시끄러운 말싸움은
없었습니다.

'인생은 B(birth) 와 D(death) 사이의 C(choice)다.' 라는 말이 있습니다.
중요한 순간마다 옳은 선택을 할 수 있는 지혜를 내 자녀에게 길러준다면
황금을 쥐어 주는 것보다 나은 일입니다.

129

15. 가난한 남자의 행복

너무나 가난해서 자신이 불행하다고 생각하는 남자가
있었습니다. 그 남자는 지혜로운 스승을 찾아가 물었습니다.
"선생님, 저희 집은 성냥갑만한 데다 자식들은 주렁주렁
많습니다. 게다가 성질 사나운 아내와 함께 살려니
너무 힘이 들어요. 어떻게 하면 좋을까요?"
남자는 눈물까지 흘려가며 말했습니다.

"자네는 염소를 기르고 있는가?"
"네. 기르고 있지요."
"그렇다면 오늘부터
염소를 집 안에 들여놓고 기르도록 하게."
남자는 이상한 생각에 고개만 갸웃거리며 돌아갔습니다.

그리고 다음 날 다시 스승을 찾아왔습니다.
"선생님, 도저히 참을 수가 없습니다. 줄줄이 딸린 자식에
사나운 마누라 그리고 이젠 염소까지 그 좁은 집에서
함께 뒹구니 너무 힘이 듭니다."

그러자 스승이 말했습니다.

"자네는 닭을 기르고 있는가?"

"당연히 기르고 있지요. 그런데 왜 그러시나요?"

"그럼 오늘부터는
닭도 집 안에서 기르도록 해보게나."

"그 좁은 집 안에 닭까지 들여놓으라고요? 맙소사!"

남자는 집으로 돌아가 스승이 시키는 대로 했습니다.

133

집안은 온통 난리였습니다.

아이들은 낄낄대며 서로 장난을 치고,

아내는 그런 아이들을 향해 소리를 꽥꽥 질렀습니다.

134

다음 날 남자는 매우 고통스런 얼굴로 스승을 찾아왔습니다.

"선생님, 더 이상 살 수가 없습니다.

끝장입니다."

"그렇게도 고통스럽나?"

"말도 마세요. 성질 사나운 아내에,

말 안 듣는 애들에,

염소는 '매애~' 울어대고

닭은 여기저기 똥을 싸놓지를 않나,

또 푸드득 날아다니며 '꼬끼오~' 울어대고……

에휴, 지옥이 따로 없습니다."

그러자 스승이 남자에게 명령하듯 말했습니다.
"오늘 돌아가서는 염소와 닭을 예전처럼 밖에 내놓게.
그리고 내일 다시 오게."

스승의 말을 듣고 집으로 돌아간 남자가 다음 날
다시 찾아왔습니다. 그런데 얼굴엔 환한 미소가 넘쳐나
마치 황금이라도 얻은 것처럼 보였습니다.
"선생님, 말씀하신 대로 염소와 닭을 내놓았습니다.
이제 우리 집은 대궐처럼 넓습니다.

이제야 살맛이 나고 정말 행복합니다."

남자의 얼굴엔 한가득 기쁨이 흘러넘쳤습니다.

'하나가 필요할 때는 하나만 가져야지 둘을 갖게 되면 그 하나마저 잃게 된다.' (법정스님)
마음이 가난한 자는 하늘나라를 얻는다고 했습니다. 행복으로 가는 길은 결코 어렵지 않습니다.

137

16. 다시 찾은 지갑

어느 상인이 물건을 사러 도시의 큰 시장으로 갔습니다.
그런데 자신이 사려는 물건은 며칠 뒤에나 살 수 있었습니다.
상인은 많은 돈을 가지고 다니는 것이 불안했습니다.
"괜히 돈을 갖고 다니다가 잃어버리기라도 하면
물건도 못 사고 큰일 나지."

생각하던 끝에 상인은 사람이 없는 한적한 곳으로 가
사방을 둘러보았습니다.
주변엔 사람은커녕 개미 새끼 한 마리도 보이지 않았습니다.
"이곳에 묻어 두면 안전할 거야.
아무도 보는 사람이 없으니까."
상인은 땅을 파고 돈지갑을 그곳에 보관해 뒀습니다.

며칠 뒤 물건을 사야 할 때가 왔습니다. 상인은 돈을 묻어 둔
곳에 찾아갔지만 아무리 땅을 파도 묻어 놓은 돈은
나오지 않았습니다. 돈이 감쪽같이 사라지고 없었습니다.
"이럴 수가! 아무도 본 사람이 없다고 생각했는데……
누군가 내가 돈을 묻는 걸 봤다는
이야기가 아닌가?"

상인이 다시 한 번 주변을 돌아보니 멀리 집 한 채가 보였습니다.
"이런! 저기에 집이 있었다니! 그땐 왜 못 본 것이었을까?"
상인은 그 집 가까이 다가갔습니다.
그리고 집 벽에 조그맣게 뚫린 구멍을 발견했습니다.

'틀림없이 이 집에 사는 사람이 이 구멍으로
내가 돈을 묻는 것을 본 거야.'

상인은 그 집으로 찾아갔습니다.

그 집에는 수염이 덥수룩한 노인이 살고 있었습니다.

"어르신의 지혜가 아주 높다는 소문을 듣고 도움을 얻고자

찾아왔습니다. 사실은 제가 물건을 사려고 돈 지갑 두 개를

갖고 이 도시로 왔습니다. 그런데 작은 지갑 하나를

아무도 모르는 곳에 묻어 두었습니다. 지금 큰 지갑 하나가

남아있는데 남은 돈지갑도 같은 곳에 묻어 두는 것이 좋을까요?

아니면 누군가에게 맡겨 따로 보관하는 것이 좋을까요?"

"이 세상에 믿을 사람은 아무도 없소이다.
내가 당신이라면 사람에게 맡기기보다는 전에 묻어 둔 곳에
함께 묻어 두겠소. 그게 더 안전할 것 같구려."

노인은 점잖은 투로 말했습니다.

상인이 나가고 나자 노인은 황급히 돈지갑을 들고 나갔습니다.
그리고 지난번 돈이 묻혀 있었던 그곳에 원래대로 지갑을
묻어 놓았습니다.
'이제 이곳에 돈지갑 하나가 더 생기겠군.
더 큰 지갑이라고 했겠다. 흐흐.'
상인이 이 광경을 몰래 지켜보고 있다가 마침내
잃어버렸던 돈을 다시 찾을 수가 있었답니다.

상인은 지혜로운 행동으로
돈을 찾았습니다. 지혜를 가진 사람은
수많은 재물을 가진 사람보다
더 안전합니다.

17. 바보의 선물

재산이 많은 아버지가 아들을 불렀습니다.
"내가 죽기 전에 미리 써 놓은 유서다. 읽어 보거라."
아들은 아버지가 쓴 유서를 읽어 내려갔습니다.
그런데 내용이 이상했습니다.
'나는 전 재산을 우리 아들에게 물려주겠노라.

단, 아들이 바보가 되어야만
재산을 물려줄 것이다.'

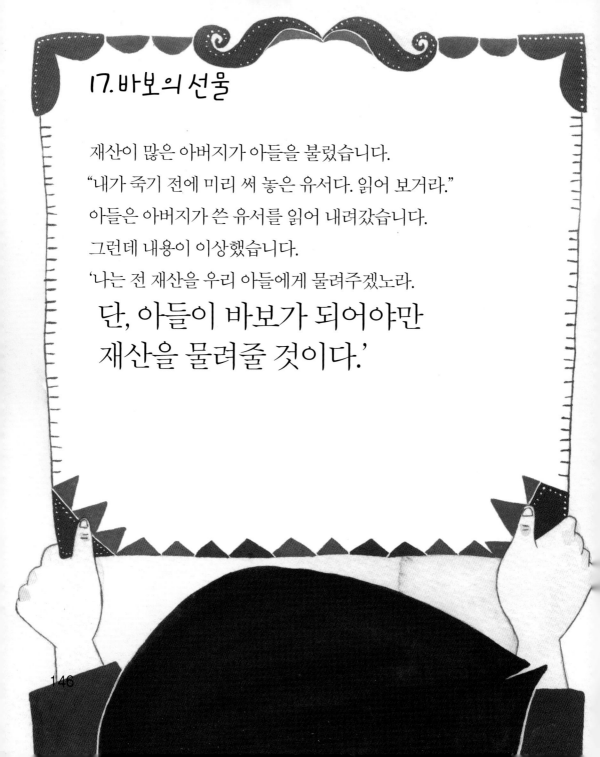

아들은 고개를 갸웃거렸습니다.
"똑똑해야 재산을 물려주겠다는 말씀이 아니라,
바보가 돼야 한다고요?
도무지 무슨 말씀이신지
알 수가 없습니다."

그러자 아버지는 갈대 줄기를 입에 물더니
괴상한 울음소리를 냈습니다.
"앵 앵 으앵."
그리고는 마룻바닥을 엉금엉금 기어 다녔습니다.
아들은 아버지의 행동이 더욱 이상하기만 했습니다.
"가정에 있어 가장 소중한 것이
무엇인지를 잘 생각해 보거라."
아버지는 그 말 한마디만 던졌습니다.

아들은 아버지 유서에 담긴 뜻을 알고 싶어
현명한 스승을 찾아갔습니다.
그리고 유서와 아버지의 행동을
그대로 전했습니다.

149

"선생님, 정말 이상하지 않습니까? 바보가 되어야
재산을 물려주시겠다니, 이런 어처구니없는 유서가
어디 있습니까? 제가 바보 흉내라도 내라는 말인가요?"
아들은 불만스런 목소리로 말했습니다.
그러자 스승이 말했습니다.
"속담에 이런 말이 있다네.
아이가 생기게 되면 인간은 바보가 된다."
아버지의 유언은,
아들에게 아이가 생겨 아이와 어울려 놀면
그때 재산을 상속하겠다는 말씀이었습니다.
즉 아이를 소중하게 여기고
정성으로 돌보라는 가르침이었습니다.
아들은 아버지 앞으로 달려가 다음과 같은 맹세를 했습니다.
"아버지의 말씀대로 따르기로 위대한 조상들의 이름을 걸고
맹세하겠습니다."

아버지는 아들의 맹세에 고개를 가로저었습니다.
"그렇다면 소유하게 될 재산 전부를 걸고 맹세하겠습니다."
그러나 여전히 아버지는 고개를 저었습니다.
"모든 위대한 철학자의 이름을 걸고 맹세하겠습니다."
이번에도 고개를 저었습니다.

아들은 다시 한 번 곰곰 생각해 보고 말했습니다.
"미래 내 아이의 이름을 걸고 맹세하겠습니다."
그제야 아버지는 고개를 끄덕였습니다.

'현명하지 못한 사람은 주옥을 사랑하지만 나는 자손의　훌륭함을 사랑하겠다.' (명심보감)
자식을 낳아 잘 기르는 일이야말로 이 세상의 어떤 보물보다 값진 것입니다.

18. 세 명의 친구

한 젊은이가 왕의 부름을 받았습니다.
'내가 무슨 잘못을 저질러 왕께서 벌을 주시려는 걸까?'
겁이 난 젊은이는 세 명의 친구에게 함께 가주기를
부탁해 보기로 했습니다.
첫 번째 친구는 그가 제일 아끼고 소중하게 여기는
친구였습니다.

154

"이보게 친구, 무슨 일인지는 몰라도 왕의 부름을 받았네.
겁이 나서 그러는데 나와 함께 궁전에 가주지 않겠는가?"
그러자 제일 소중하게 여기는 친구는
이유도 말하지 않은 채 딱 거절했습니다.
"싫다네."

크게 실망한 그는 두 번째 친구를 찾아가 부탁했습니다.
두 번째 친구는 사랑하긴 하지만 첫 번째 친구만큼
아끼지는 않았습니다. 그런데 부탁을 받은 두 번째 친구는
끝까지 함께 가주지는 못하겠다고 했으나
첫 번째 친구보다는 훨씬 친절했습니다.
"궁전 문 앞까지는
같이 가줄 수 있으나
그 이상은 안 되겠네."

156

이번에는 세 번째 친구에게 부탁을 해보았습니다.
세 번째 친구는 좋은 친구이긴 하지만 그다지 친한 사이는
아니었습니다. 그런데 예상과는 달리

흔쾌히 허락하는 것이었습니다.

"기꺼이 같이 가겠네.

자네는 나쁜 짓 한 게 없으니 조금도 걱정하지 말게.
내가 같이 가서 자네가 좋은 사람인 것을 왕께
사실대로 말해 주겠네."

세 친구가 의미하는 것은 무엇일까요?

첫 번째 친구는 '재산' 입니다. 아무리 소중히 여기며

사랑해도 죽을 때는 가져갈 수 없는 것입니다.

두 번째 친구는 가족입니다. 무덤까지는 기꺼이

따라가 주지만 결국 그를 홀로 남겨두고 돌아가 버립니다.

세 번째 친구는 '선행' 입니다.

선행은 눈에 띄지는 않지만 죽어서까지 그 사람을 따라다니며

하늘나라에서 상급을 받게 되기 때문입니다.

'일생동안 선을 행할지라도 선은 오히려 부족하며
하루 동안 악을 행할지라도 악은 그대로 남아 있느니라.'
내가 이룬 선행은 후손까지 길이길이 남습니다.

19. 아버지가 주신 단 한 가지

어느 아버지가 아들을 멀리 떨어진 학교에 입학시켰습니다.
"아들아, 열심히 공부해서
 부디 훌륭하고 지혜로운 사람이 되거라."
그런데 아들을 보내고 난 뒤 아버지는 그만
병이 들고 말았습니다.

아버지는 죽기 전에 아들을 꼭 보고 싶었지만
병세는 점점 심해지고 있었습니다.
'아들아, 보고 싶구나. 그러나 네가 오기 전에
이 아비는 눈을 감을 것 같구나.'
아버지는 마지막 힘을 다해 유서를 쓰기로 했습니다.

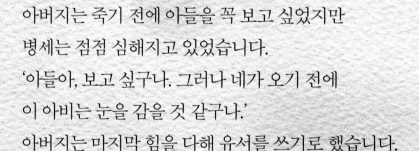

'내가 갖고 있는 모든 재산을 하인에게 물려주되, 아들이
원하는 재산 단 한 가지만큼은 아들에게 줄 것을 유언하노라.'

아버지는 유언장을 하인에게 건넨 뒤 눈을 감고 말았습니다.

161

하인은 전 재산을 물려받게 되자 기뻐서
덩실덩실 춤을 추었습니다.
"아이고, 이게 웬 복이람!
이 유언장을 주인집 아들에게 당장 보여줘야겠어."

하인은 아들이 있는 곳으로 가 아버지의 죽음을 알리고
유서를 보여줬습니다. 아버지의 소식을 들은 아들은 슬펐지만
유서의 내용은 믿기지 않았습니다.
'아버지는 나를 무척 사랑하셨는데 재산을 모두
하인에게 물려주신다니!
정말 믿을 수 없어.'

163

아버지의 장례를 마친 아들은 지혜로운 스승을 찾아갔습니다.
"아버지의 유언이 믿기지 않아요. 저는 지금까지
단 한 번도 아버지를 화나게 한 적도 없거든요."
그러자 지혜로운 스승이 말했습니다.

"자네 아버지는 아들을 무척 사랑하시는군.
그리고 대단히 현명하신 분이네."

"현명하신 분이라고요?
모든 재산을 하인에게 준다는 유서를 쓰셨는데요?"
아들은 아버지가 원망스럽기도 했습니다.

164

"이보게. 아버지가 그런 유언을 남기지 않았다면
어떻게 되었겠나? 아들이 집에 없으니 하인은 재산을 가지고
도망을 치거나 혹은 재산을 다 탕진했겠지. 심지어
아버지의 죽음을 자네에게 알리지도 않았을 거야."
"그러면 뭐합니까? 재산은 모두 하인이 물려받게 생겼는데……."
아들은 여전히 시무룩한 표정이었습니다.

"자네 아버지는 아들이 지혜롭고 훌륭한 사람이 되길
바라는 마음에 그 먼 학교까지 보냈는데,
자네는 아직 지혜가 부족하군."
아들은 무슨 말인지 점점 더 알 수가 없었습니다.

"아버지의 유언을 잘 생각해 보게. 아버지는 자네에게
한 가지만 준다고 하였네. 재산은 모두 하인의 것이 됐지만
자네가 하인 한 사람만 선택하면 그 재산 모두 다시
자네 것이 되지 않겠나. 얼마나 현명하신 유언인가?"
아들은 그제야 아버지의 뜻을 알 수가 있었습니다.
아들은 결국 하인의 주인이 되어 모든 재산을 되찾았지만
하인을 놓아주는 훌륭한 모습을 보였답니다.

아버지가 주시는 지혜의 말씀은
아들에게 두고두고 큰 힘이 됩니다.

167

20. 누가 가장 소중할까

어느 나라 왕이 희귀한 병에 걸렸습니다.
왕의 병을 고칠 방법은 딱 한 가지,
바로 암사자의 젖을 구해 먹이는 것이었습니다.
"무서운 사자 굴에 누가 갈 것이며 어떻게 젖을
구해 온단 말인가."
모두 고민을 하고 있을 때 머리 좋은 신하 한 명이 나섰습니다.

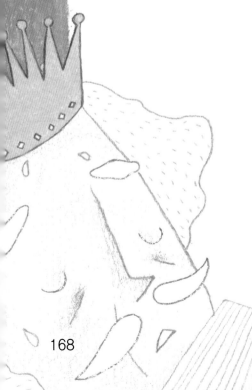

168

"제가 구해오겠나이다."

신하는 사자굴로 찾아가 조심스럽게 새끼 사자들을 돌보며
예뻐해 주었습니다.
"오, 예쁜 아기 사자들아. 난 너희를 사랑한단다."
신하는 새끼 사자들을 한 마리씩 안고 보듬어주다가
암사자에게 건네곤 했습니다.

그렇게 열흘을 보내자 암사자와 친해지게 되었고
마침내 사자 젖을 조금 얻을 수 있었습니다.
"이제 내일 궁궐로 돌아가 국왕께 바칠 일만 남았어."

그날 밤 신하는 깜박 잠이 들었고 이상한 꿈을 꿨습니다.
자신의 발, 눈, 손, 심장, 혀 등 몸의 각 기관이 따로 떨어져
다투는 꿈이었습니다.

"내 발로 걸어갔기 때문에 암사자 젖을 구할 수 있었어.

내 공로가 제일 크다고!"

발이 자기 공로를 자랑하자 이번에는 눈이 말했습니다.

"내 눈이 없었다면 어떻게 암사자를 찾아냈겠어?

내가 제일이야."

손도 질세라 떠들었습니다.

"내가 부드럽게 쓰다듬었기에 사자랑 친하게 된 거였어.

내 공이 제일 크지."

그러자 심장이 말했습니다.

"다들 조용히 해!

튼튼한 심장이 없었다면 무서워서 사자굴에 오지도 못했을걸."

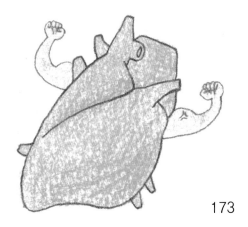

그때 느닷없이 혀가 나서며 말했습니다.

"만약 내가 아무 말도 하지 않았다면

너희는 아무 역할도 못했을 거야."

그러자 여기저기서 공격이 터져 나왔습니다.

"건방진 얘기 집어치워! 조그만 혀 주제에!"

"맞아. 뼈도 없고 아무 값어치도 없는 게 공을 내세우다니!"

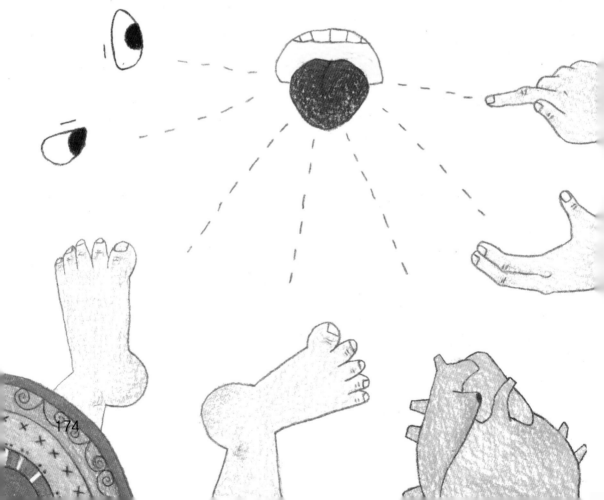

혀는 그만 입을 다물 수밖에 없었습니다.
'좋아! 왕 앞에 나섰을 때
누가 가장 소중한지를 가르쳐주겠어.'
혀는 속으로 다짐했습니다.

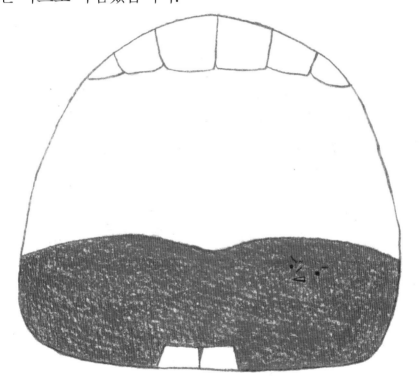

다음 날 신하가 암사자의 젖을 들고 궁전으로 가자
왕이 물었습니다.
"이게 무슨 젖이냐?"
그러자 혀가 느닷없이
"네. 이것은 개의 젖입니다."
라고 말했습니다.

그제야 몸의 각 부분들은 혀가 큰 힘을
지닌 것을 깨닫고 사과했습니다.
혀는 왕에게 다시 말했습니다.
"제가 잘못 말했습니다.
이것은 개의 젖이 아니라
암사자의 젖입니다."

이 세상에 쓸모없는 것은 없습니다.
'합하여 선을 이룬다.' 는 말씀처럼 내게 주신 모든 것과
내게 일어난 모든 일에 감사할 때입니다.

21. 고치기 힘든 병

딸을 셋 둔 아버지가 있었습니다.
세 딸은 모두가 눈부실 정도로 아름다웠지만
한 가지 단점들을 가지고 있었습니다.
첫째딸은 게으름뱅이였습니다.
둘째딸은 남의 물건을 슬쩍 훔쳐오는 버릇이 있었습니다.
셋째딸은 다른 사람에 대해 험담하기를 좋아했습니다.

어느 날 아들 삼형제를 둔 부자가 세자매의 집으로 찾아왔습니다.
"댁의 아름다운 세 따님을
며느리로 삼고 싶습니다."

세 딸의 아버지가 걱정스런 얼굴로 대답했습니다.

"부끄럽게도 우리 딸들은 결점들을 한 가지씩
갖고 있답니다. 그래도 괜찮겠습니까?"

아버지는 딸들의 나쁜 점을 숨김없이 말해 주었습니다.

"걱정하지 마십시오. 제가 책임지고
따님들의 나쁜 점을 고쳐 나갈 것입니다."

그렇게 세자매는 부잣집의 삼형제에게 시집을 가게 되었습니다.

시아버지는 게으름뱅이 첫째며느리에게 많은 종을
거느리게 했습니다. 청소하는 사람, 빨래하는 사람, 요리하는
사람 등 많은 종을 거느리게 되니 게을러도 집안은
별 탈이 없었습니다.

물건 훔치기를 좋아했던 둘째며느리에게는
모든 창고의 열쇠를 주었습니다.
"모든 걸 네가 관리하도록 해라."
열쇠 세 개를 받은 둘째며느리는 좋아서 입이 쩍 벌어졌습니다.
부잣집 창고에는 부족한 것이 없었기 때문에
둘째며느리는 남의 물건에 손을 대는 일이 사라졌습니다.

남 헐뜯기를 좋아하는 셋째며느리에게는
날마다 불러놓고 이렇게 물었습니다.
"애야, 오늘은 누구 헐뜯을 일이 없느냐?"
그러면 셋째며느리는 신나게 남 흉을 보았습니다.
"이웃집 여자는 뚱뚱보에다가 게을러서 빈둥거리고……."

어느 날 친정아버지가 시집 간 딸들을 찾아왔습니다.
잘 살고 있는지 궁금했던 것이에요.
큰딸은 종들이 있는 덕분에 실컷 게으름을 부릴 수 있어
행복하다고 했습니다.

둘째딸은 갖고 싶은 것을 맘대로 다 가질 수 있어
행복하다고 했습니다.
아버지는 셋째딸에게도 어떠냐고 물어보았습니다.
"말도 마세요. 시아버지는 아주 나쁜 사람이에요.
성질도 고약하고 날마다 저를 못살게 괴롭힌다니까요."
셋째딸은 쉴 새 없이 퍼부었습니다.
그러나 아버지는 딸의 말을 믿지 않았습니다.

"네 버릇은 여전하구나.
시아버지까지도 헐뜯고 있으니 말이다!"

귀로는 남의 그릇됨을 듣지 말라.
눈으로는 남의 단점을 보지 말라.
입으로는 남의 허물을 말하지 말라.

22 하찮고 작은 것들

꽁무니에서 실을 뽑아내 열심히 거미줄을 치고 있는
거미를 본 다윗 왕은 얼굴을 찡그렸습니다.
"참으로 지저분하고 귀찮은 거미로군. 아무 쓸모가 없어."
그러나 이 생각은 적장을 피해 도망치고 있던 전쟁에서
잘못된 생각이었다는 것을 깨달았습니다.

사방으로 적에게 포위당해 쫓기고 있을 때였습니다.
"큰일 났군. 어디로 몸을 피해야 할까?"
그때 동굴이 눈에 들어왔습니다.
"옳지! 저 안에 들어가 숨어야겠다."
동굴 입구에는 거미가 커다랗게 집을 짓고 있었기 때문에
내키지 않았지만 늘어진 거미줄을 피해 동굴로 숨어들었습니다.

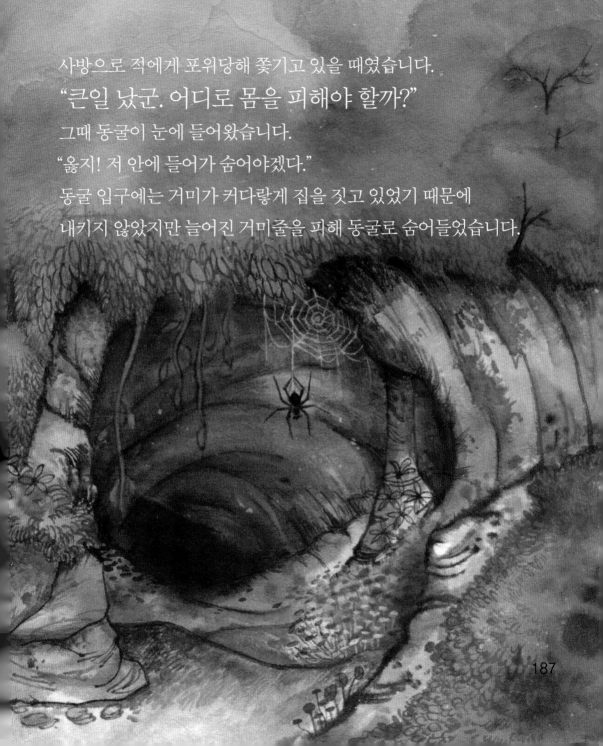

187

다윗 왕이 들어간 이후에도 거미는 여전히 실을 뽑아내며
부지런히 거미줄을 쳤습니다.
'부디 들키지 말아야 하는데…….'
다윗 왕은 동굴 안에 숨어 가슴을 졸이고 있었습니다.

그리고 얼마 뒤 적군의 발소리가 요란하게 들려왔습니다.
"어느 쪽으로 간 거야?"
병사들의 목소리가 들려왔고 그때 누군가가
동굴을 가리켰습니다.
"이곳에 숨었는지도 모릅니다."

그러자 적장이 말했습니다.
"저 안에 누가 들어갔다면 입구에 거미줄이 그대로 있겠느냐.
그 안엔 아무도 없는 게 확실해."
적들은 요란한 발소리를 내며
어디론가 후다닥 사라져버렸습니다.

다윗 왕은 가슴을 쓸어내리며 생각했습니다.
"거미는 쓸모없고 하찮은 미물이라 생각했는데
나를 살렸구나."

또 이런 일도 있었습니다.

다윗 왕이 적장을 죽이러 침실에 몰래 숨어들어 갔습니다.
그런데 잠들어 있는 적장을 보고 마음을 바꿨습니다.
'그래. 목숨은 살려두고 대신 칼만 빼오자.'
그건 상대방을 죽이지 않고도 더 겁을 줄 수 있는 방법이라
생각했던 것입니다.
'네 칼을 빼내 올 정도였으니 너 하나쯤은 얼마든지
해칠 수 있었지만 아량을 베푼 것이다.'
라고 호통치는 것이나 마찬가지였습니다.

193

그런데 적장의 칼은 잠들어 있는 적장의 발밑에 깔려
빼낼 수가 없었습니다. 아무래도 몰래 빼내려 하다간
적장의 잠을 깨우고 말 테니까 계획이 수포로
돌아갈 것 같았습니다.

그때였습니다.

모기 한 마리가 날아와 적장의 발끝에 앉자
발끝을 꼬물거리던 적장이 발을 움직이고 몸을 뒤척였습니다.
다윗 왕은 그 덕분에 적장의 칼을 무사히 빼내 올 수 있었습니다.

작은 일이라고 해서 하찮게 넘기지 말아야 합니다.
그 일이 어디로 어떻게 이어질지는
아무도 모르기 때문입니다.

195

내 아이를 사랑하는 부모의 마음을 무엇에 비할 수 있을까.

이제 또 한 사람의 여행자가
우리 곁에 왔네.
그가 우리와 함께 지내는 날들이
웃음으로 가득하기를.
하늘의 따뜻한 바람이
그의 집 위로 부드럽게 불기를.
위대한 정령이 그의 집에 들어가는
모든 이들을 축복하기를.
그의 모카신 신발이
여기저기 눈 위에
행복한 발자국을 남기기를.

-인디언들의 아이의 탄생을 축복하는 기도-